W0110917

Tapé à la machine à Noirlac (Cher, centre de la France). Imprimé en offset et avec du plomb sur les presses de Jelgavas Tipografija, puis cousu à l'été 2024.

ISBN : 978-2-37055-442-0
d.l. : novembre 2024

Se mouvoir facilement

Abriter la vie

Plisser les yeux
Rester vigilant

Ne pas briller
Éclairer vivement

Se remplir d'ordures
Devenir un bijou

Prier à un sommet

Embouer son corps

Calculer l’avenir

Faire de la bouillie

Invoquer un nom

Penser par avance

Laisser rebondir

Forger un outil

Gagner en confiance

Contrer un charme

Renforcer une charpente
Enjoliver une poutre

Faire brûler de l'huile
Empuantir toute sphère

Établir un autel
Encoller une image

Confectionner de l’alcool

Ébranler une pierre

Entendre une voix
Rappliquer à vive allure

Comprendre bien

Oser l'aventure

Entrer en chasse

Décrire un cercle

Broyer des tiges

Produire une poudre

Marcher cinquante kilomètres

Trouver une place

N'avoir l'air de rien
Songer que peut-être

Deviner à travers

Siffler doucement

Dévaluer un bien

Embaumer une maison

Trouver refuge

Capter une source

Descendre d’une crête

Dévaler une pente

S’ancrer dans le sol

Chercher son centre

Incliner la tête

Fredonner avec passion

Répondre d'une voix forte
Débrailler sa chemise

Bondir d'un coup

Reculer de surprise

Parcourir le pays

Sourire finement

Sortir de l’onde

Se reconstituer

Finir vite

Longer longtemps

Pénétrer doucement

Ne pas se retirer

Danser un geste

Se rendre flexible

Partir dans la nuit

Se sentir guidé

Étudier une pose
Faire coïncider

Observer sans cesse

Oublier ses principes

Être lucide

Traverser les saisons

Relever la tête
Cracher un bon coup

Prendre un air inspiré
Adorer en secret

Se plaire à imaginer
Habiller de mystère

Travailler son corps
Abolir toute présomption

Dédaigner l'Amour

Vivre détaché

Chercher la fluidité
Agir sans cesse

Gonfler la poitrine
Chevroter pathétiquement

Épointer une branche
Étriper un lièvre

Traire une vache

Frire un gardon

Devenir pauvre

Être transparent

Associer des idées

Claquer du fric

Gueuler des mots

S'offrir en spectacle

Affourcher un dos

Rectifier son assiette

Rendre un coup
Rester vivant

Serrer une main
Palper une veine

Dormir tranquille
Éprouver un flux

Enchanter son esprit
Tendre des lignes

Se sentir porté
Flotter librement

Réciter un poème
Perdre l'équilibre

Se percher sur un pied
Cligner des yeux

Élever son âme

Mirer un œuf

Tatouer sa peau

S'accoutrer d'une jupe

Boire cul sec

Bouger fantastiquement

Faire tenir droit une bouteille
(entre les semelles de ses bottes)

Devenir paisible

Rire tout seul

Rester immobile
Se désintégrer

Froncer les narines
Humer avec délice

S'assoir en tailleur

Se montrer disponible

Porter sa chemise déboutonnée

S'enturbanner

Se déplacer par à-coups
Cultiver l'étrangeté

Soupirer d'aise

Se déhancher souplement

Se mêler à l'Esprit

Clamer dans le vent

Écouter à distance

Observer de sa place

Voyager avec une odeur
Ouvrir une fenêtre

Tondre ses cheveux
User ses jeans

S'essouffler

Arriver à un sommet

Baigner en des chants célestes
Observer par en dessous

S'agenouiller

Abdiquer de la nuque

Se pencher sur un feu
Se vêtir de fumée

Arrondir les épaules
Hurler sous l'eau

Cuisiner des feuilles

Rôtir un oiseau

Torcher une coulure

Croquer un grain

Ébouer une cour

Chanter hardiment

Manipuler un seau

Humecter du grain

Creuser un puits

Collecter des eaux

Découvrir une idée nouvelle
Roucouler comme une tourterelle

Ouvrir une porte

Braire de joie

Mordre une pièce

Chanter faux

Remporter une victoire

Hypnotiser une poule

Regarder ses mains

Faire la balance

Pisser contre une haie
Défier la loi de la gravité

Se masturber légèrement
Planter un arbre fruitier

Saler une moitié de tomate
Avaler une cuillérée de vinaigre

Caresser un chien
Faire d'un caillou un trésor

Jouir d’être une entité
Créer en soi une forte mutabilité

Bâiller irrespectueusement
Tomber d'endormissement

Sentir ses oreilles siffler
Remarquer ses tripes chauffer

S'abstenir d'agir

Se rendre incapable

Garder une sensation
Vérifier une présence

Vivre dans la solitude
Éprouver le solide

S’émouvoir d’un rien
Posséder des trésors

Écouter la nuit remuer

Caresser une chaude paire de fesses

Proférer un serment

Confire du citron

Écorcher un lapin
Concocter un plat

Savoir

(mais se taire volontiers)

Cuisiner un poisson
(avec une montagne de précautions)

Écorcer un bâton
Boire une odeur

Avouer son amour
Étouffer un moineau

Égorger un poulet
Dégorger un hameçon

Fermer un œil
Tirer un coup de fusil

Deviner l'évolution d'une buse
(à ses cris au-dessus de la vallée)

Se réveiller en sursaut
Hurler un cri

Sucer un gravier
Lécher des striures

Descendre son froc à moitié
Lâcher un pet

Ne manquer de rien

(pourtant ne possédant rien)

Tomber malade

Éprouver une convalescence

Scruter le brouillard

Entendre des voix

S'installer au cœur de l'hiver
Écouter les ronflements du poêle

Traîner des bottes

Faire naître un veau

Faire un rêve d’envol

Avoir des visions colorées

Arriver par les hauteurs
Rigoler à distance

Se vouloir pacifique
Épargner un nid de guêpes

Tourner un interrupteur
Inonder un lieu de lumière

Rêver au cul d'une femme
Respirer avec tendresse

Boire son café chaud
(à s’en brûler les dents)

Se laver dans l’évier
Se rincer au jet d’eau

S'enrouler dans une couverture
Dormir à l'abri

Flatter un tronc d'arbre
(des fois qu'il partirait au galop)

Pleurer comme un enfant
Beugler comme un paysan

Sauter un fossé

Expérimenter une pente

Laver son pantalon avec la pluie
Porter une odeur de sous-bois

Chercher le courant
Passer un champ d'algues

Détacher une barque
Descendre une rivière

Manger crus les légumes
Consommer des fleurs

Se masser les gencives
Ne prévoir au repas que du pain

Boire du vin

Faire tourner son bassin

Observer une plante

Sentir le vent sur sa peau

Se perdre en forêt
Épier les oiseaux

Renifler un roseau
Façonner de l’argile

Nager dans un étang
Fouir la vase

Marcher pieds nus
Sécréter de la corne

Car chacun de mes atomes
t'appartient aussi bien.
W. WHITMAN (*Song of myself*)

Marc Graciano

137 PAIRONS

Le Tripode